الطبعة العربية الأولى عام ٢٠١٨

دار جامعة حمد بن خليفة للنشر
صندوق بريد ٥٨٢٥
الدوحة، دولة قطر

www.hbkupress.com

الترقيم الدولي: ٩٧٨٩٩٢٧١٢٩٦٥٠

تمت الطباعة في بيروت-لبنان.

مكتبة قطر الوطنية بيانات الفهرسة – أثناء – النشر (فان)

الزيارة، شيخة، مؤلف.

المزارع الذي أنقذ القرية / تأليف شيخة الزيارة ؛ رسوم علي الزيني. – الطبعة العربية الأولى. – الدوحة : دار جامعة حمد بن خليفة للنشر ، 2018.

صفحة ؛ سم

تدمك : 978-9927-129-65-0

1. الصبر – قصص الأطفال. 2. قصص الأطفال العربية. ب. الزيني، علي، رسام. ج. العنوان.

PZ10.731 Z93 2018

892.736 – dc 23

201827096907

المزارع الذي أنقذ القرية

تأليف: شيخة الزيارة
رسوم: علي الزيني

دار جامعة حمد بن خليفة للنشر
HAMAD BIN KHALIFA UNIVERSITY PRESS

انتهى المزارعُ خليل من تجهيزِ كميةِ البرتقالِ التي طلبَها رئيسُ القريةِ، ليقدِّمَها لضيوفِه في الاحتفالِ الذي يُقامُ سنويًا بمناسبةِ انتهاءِ موسمِ الحصادِ.

يشعرُ مزارعو القريةِ بالغيرةِ من خليل، لأنه أمهرُ المزارعينَ وأفضلُهم، ولرئيسِ القريةِ أقربُهم.

خطّطَ المزارعون للتخلُّصِ من المزارعِ خليل، وتوجَّهوا قبلَ إعلانِ بدءِ الاحتفالِ نحوَ مزرعتِه.

كانَ خليل يستعدُّ لنقلِ البرتقالِ إلى مقرِّ الاحتفالِ، وفجأةً شبَّت النيرانُ بينَ المحاصيلِ، وفرَّت الحيواناتُ تستنجدُ وتستغيثُ.

طلبَ خليل النجدةَ، وساعدَه أهلُ القريةِ على إطفاءِ النيرانِ، لكن بعدَ أن احترقت المحاصيلُ كلُّها.

لم يتمكنْ خليل من توصيلِ البرتقالِ، لأنه لم يعُدْ يملكُ منه شيئًا. غضبَ رئيسُ القريةِ وشعرَ بالحرجِ. اعتذرَ خليل، لكنَّ الرئيسَ أمرَ بطردِه من القريةِ. فرحَ المزارعون وشعروا بالسعادةِ والانتصارِ.

استعدَّ خليل للرحيلِ: جهَّز رحالَه، وجمعَ بذورَه وحيواناتِه، وأخذَ معدَّاتِه المتبقِّية.

ودّعَه أهلُ القريةِ بحزنٍ شديدٍ. ركبَ القاربَ وأبحرَ بعيدًا.

حطَّ خليل رحالَه في جزيرةٍ مهجورةٍ، فبنى كوخَه، وعاشَ فيها وحيدًا مشتاقًا إلى رفاقِه وداره.

يعملُ كلَّ يومٍ في حقلِه الصغيرِ حتى أصبحَ لديه مزرعةٌ كبيرةٌ، فنبتَتْ نباتاتٌ وأشجارٌ غريبةٌ لم تُزرعْ من قبلُ في قريتِه، ولا حتى في القرى المجاورةِ، فشعرَ بالسعادةِ على ما أنجزَهُ فيها.

في المساءِ، كان خليل يجلسُ بالقربِ من الشاطئِ ويتذكَّرُ قريتَه وأهلَه، يلاحظُ في كلِّ مرَّةٍ وجودَ زجاجاتٍ قربَ الساحلِ فيقومُ بالتقاطِها ويحتفظُ بها مغلقةً داخلَ كوخِه.

إن احجامها
كبيره ومتنوعة
الحشرات
الحشرات

بدأَ موسمُ الأمطارِ في الجزيرةِ، وأرادَ خليل جمعَ المياهِ. تذكَّرَ الزجاجاتِ الكثيرةَ التي يحتفظُ بها وأحضرَها.

توقَّفَ فجأةً، فقد لاحظَ رسائلَ داخلها. جمعَها كلَّها وعادَ إلى كوخِهِ مسرعًا لقراءتِها.
يا لسعادته، إنَ الرسائلَ من أهلِ قريتِه، ولكنَّ ما تحويهِ من كلماتٍ وجملٍ بدأَتْ تقلقُه.

غفا خليل وهو يقرأُ الرسائلَ.

في اليومِ التالي، هبَّتْ عاصفةٌ شديدةٌ منعتْه من الخروجِ للعملِ والزراعةِ. جلسَ في كوخِهِ يرتشفُ شرابًا ساخنًا مقرِّرًا إكمالَ القراءةِ. لمحَ زجاجةً بينَ الزجاجاتِ عليها علامةٌ حمراءُ، فشعرَ بالقلقِ وأسرعَ لفتحِها وقراءةِ ما تحملُ من أخبارٍ.

ماذا!!

نداءٌ عاجلٌ لخليل ***"تكاثرت الحشراتُ في قريتِنا وقضَتْ على جميعِ المحاصيلِ، لم يعدْ لدينا طعامٌ، سيُقضى علينا يا خليل".***

صرخَ خليل: "يا إلهي، يا إلهي، أهلي وأصحابي بحاجتي في الحالِ".

انشغلَ عقلُه بالتفكيرِ كيفَ يساعدُ؟! وكيف يُعينُ؟!

ظلَّ ساهرًا يفكّرُ في حلٍّ يستطيعُ به إنقاذَ قريتِه، حتى تمكّنَ من إعدادِ مبيدٍ يقضي على الحشراتِ. عبّأَ زجاجتَه ودوّنَ رسالتَه ونصيحتَه.
رمى الزجاجةَ في البحرِ وبدأَتْ رحلتَها نحوَ قريتِه ورفاقِه.

التقطَ أهلُ القريةِ زجاجاتِ خليل بسعادةٍ. بدَؤوا برشِّ المبيدِ على الأرضِ، وقُضيَ على الحشراتِ، لكن المبيدَ دمَّرَ كلَّ النباتاتِ.

شَعَرَ أهلُ القريةِ بالحزن مجدَّدًا، فبعثوا برسالةٍ أخرى إلى المزارعِ خليل يشكون حالَهم ومُصابَهم.

وصلَت الرسالةُ فأسرعَ خليل بتعبئةِ أعدادٍ كبيرةٍ من الزجاجاتِ ببذورٍ من كلِّ أصنافِ النباتاتِ، وكتبَ رسالةً جديدةً: "أعيدوا الزراعةَ من جديدٍ باستخدامِ هذه البذورِ".

أعادَ المزارعون الزراعةَ، فنبتَت أجودُ النباتاتِ والأشجارِ.
عادَ الأمانُ والاستقرارُ لأهالي القريةِ.

أحسَّ المزارعون بالحسرةِ والندمِ على فعلتِهم، واعترفوا بما فَعلوهُ في مزرعةِ منافِسِهم. غضبَ الرئيسُ وأمرَ بحبسِهم، ثم طلبَ من أعوانِه البحثَ عن المزارعِ خليل.

ظلَّ خليل يترددُ كلَّ يومٍ على الساحلِ، يبحثُ عن زجاجةٍ تطمئنُه، ولكن لا وجودَ
لأيّ رسائلَ أو أخبارٍ. شعرَ باليأسِ، وانشغلَ بمزرعتهِ.

بينما خليل في كوخِه، سمعَ الحيواناتِ تُصدِرُ أصواتًا غريبةً. تركَ ما في يدِه مذعورًا، وغادرَ مسرعًا.

شاهدَ قواربَ كثيرةً ترسو على الشاطئِ: «يا للغرابةِ! لمن تلك القواربُ؟ ومن تحملُ على مَتْنِها؟».

دقَّقَ خليل النظرَ وصرخَ بكلِّ سعادةٍ قائلًا: «يا فرحتي، يا فرحتي، زالَ الخطرُ عن قريتي».

اتجهَ خليل نحوَ أهلِ قريتِه الذينَ أهدوه زجاجةً تحملُ رسالةً من رئيسِهم، واعتذارًا من المزارعين على مكيدتِهم.

بدأَ في قراءتِها ثم تنهَّدَ قائلاً: «كم أحبُّكم، ولكن!!».

«ماذا!!»، تفاجأَ أهلُ القريةِ، فهل يتردَّدُ خليل في أمرِ العودةِ؟

صمتَ خليل وتأمّلَ جزيرتَه ثم أعلنَ اعتذارَه، وكشف عن قرارِه: «سأبقى هنا، وستبقى هذه الجزيرةُ ملكًا لأهلِ القريةِ جميعِهم».

ودّعَ خليل أهلَ قريتهِ.
وعاشَ في جزيرتهِ.